Weißt du, wie lieb Papa dich hat?

Ein Bilderbuch
von Stephen Michael King

Ins Deutsche übertragen
von Salah Naoura

Ravensburger Buchverlag

Für Trish und Peter

Stephen Michael King hat schon immer gezeichnet und gemalt. Im Alter von neun Jahren verlor er teilweise sein Gehör und zog sich ganz in sich zurück – in seinen Bildern und Zeichnungen konnte er sich ohne Worte ausdrücken. Jahre später begann er in einer Kinderbücherei zu arbeiten. Im täglichen Umgang mit Kindern, die in die Bibliothek kamen, entdeckte er seine Begabung und begann zu illustrieren.

Mit seiner Frau Trish und zwei Hunden lebt Stephen Michael King in Sydney und arbeitet nun als Gestalter und Illustrator für einen Kinderbuchverlag. Dies ist sein erstes Bilderbuch.

Die Deutsche Bibliothek – CIP-Einheitsaufnahme

King, Stephen Michael:
Weisst du, wie lieb Papa dich hat? : ein Bilderbuch /
von Stephen Michael King. Ins Dt. übertr. von Salah Naoura.
[Red.: Karin Amann]. – Ravensburg : Ravensburger Buchverl., 1997
(Ein Bilderbuch zum Lesenlernen)
Einheitssacht.: The man who loved boxes <dt.>
ISBN 3-473-33931-8
NE: HST

1 2 3 99 98 97

Die australische Originalausgabe erschien 1995
unter dem Titel „The man who loved boxes"
im Verlag Scholastic Australia Pty Limited
Übersetzung: Salah Naoura · Redaktion: Karin Amann
Printed in Singapore · ISBN 3-473-33931-8

Ein Vater,

der hatte einen Sohn.

Der Sohn liebte den Vater.

Der Vater liebte
Schachteln.

Große Schachteln,

runde Schachteln,

winzige Schachteln,

riesige Schachteln,

einfach alle
Schachteln!

Der Vater sagte seinem Sohn
nicht so oft,
wie lieb er ihn hatte.

Aber er bastelte für ihn
alles Mögliche
aus seinen vielen Schachteln.

Er baute
die tollsten Burgen . . .

und Flugzeuge, die immer flogen, …

außer wenn es
regnete, natürlich.

Wenn Freunde
zu Besuch kamen,
wimmelte es plötzlich nur so
von Schachteln!
Mit denen konnten sie spielen …

und spielen …

und spielen.

Die meisten Leute fanden den Vater äußerst merkwürdig.

Alte Herren zeigten mit dem Finger auf ihn.

Alte Damen
warfen ihm finstere
Blicke zu.

BIRDSEED

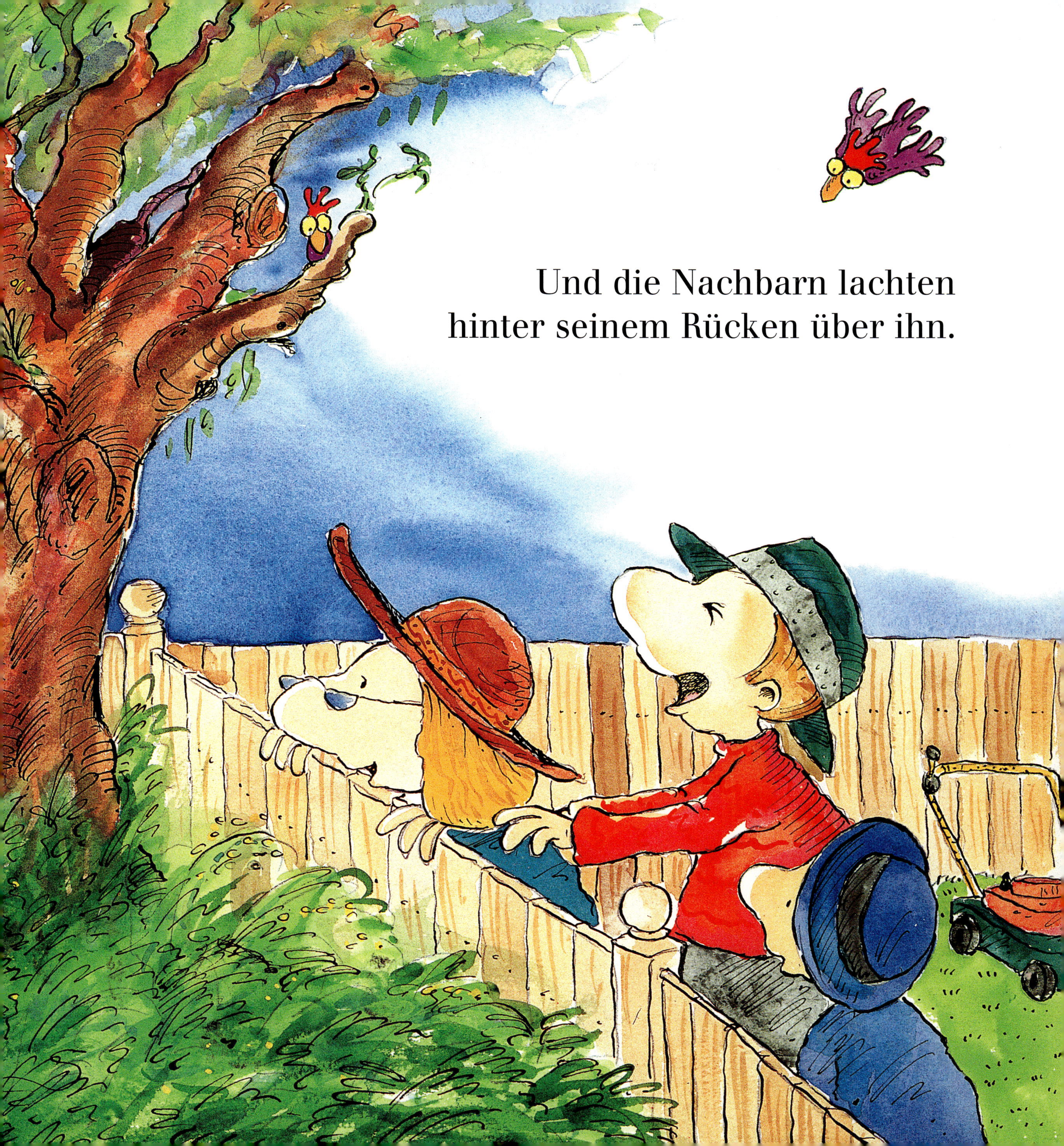

Und die Nachbarn lachten
hinter seinem Rücken über ihn.

Aber der Vater und der Sohn
fanden das gar nicht schlimm.

Denn sie wussten: Das war eben
ihre ganz besondere Art

sich lieb zu haben.